国际获奖大作家系列

每一个人都有的小时候

[丹] 佟娜·米尔因·麦斯特博 著

[丹] 彼得·拜·亚历山大森 绘

刘卉时 译

人民文学出版社 天天出版社

图书在版编目（CIP）数据

每一个人都有的小时候 / (丹) 佟娜·米尔因·罗斯特博著 ; (丹) 彼得·拜·亚历山大森绘 ; 刘卉时译. -- 北京 : 天天出版社, 2021.4 (2024.11重印)
（国际获奖大作家系列）
ISBN 978-7-5016-1684-8

Ⅰ.①每… Ⅱ.①佟… ②彼… ③刘… Ⅲ.①儿童小说—中篇小说—丹麦—现代
Ⅳ.①I534.84

中国版本图书馆CIP数据核字(2021)第017930号

责任编辑：崔旋子   **美术编辑**：曲　蒙
责任印制：康远超　张　璞

出版发行：天天出版社有限责任公司
地址：北京市东城区东中街 42 号   **邮编**：100027
市场部：010-64169902   **传真**：010-64169902
网址：http://www.tiantianpublishing.com
邮箱：tiantiancbs@163.com

印刷：北京博海升彩色印刷有限公司   **经销**：全国新华书店等
开本：880×1230　1/32   **印张**：4
版次：2021 年 4 月北京第 1 版 **印次**：2024 年 11 月第 6 次印刷
字数：46 千字   **印数**：24,001-27,000 册

书号：978-7-5016-1684-8   **定价**：28.00 元

第一章
山间小屋

特奥多尔睁开双眼，又是一个明媚的早晨，春日温暖的阳光透过窗户照进了房间。特奥多尔伸了个懒腰，揉了揉惺忪的睡眼，看来还没完全睡醒呢。

曾祖父家的小猫波比特慵懒地躺在特奥多尔的小床上，听见声音后，它抬头看着特奥多尔，仿佛是在说："该起床了，特奥多尔，快起来我们一起出去玩吧！"但是特奥多尔只是翻了个身，继续呼噜呼噜地睡着了。

窗外的空气清新而凉爽，就像特奥多尔的曾祖父总说的一句话："清新的空气是人们赖以生存的根本。"清晨的太阳从地平线露出了一个小脑袋，阳光照在群山上，一座座山峰就像是城堡的尖塔，努力地想要穿透云层。尽管现在已经是春天了，群山的顶部仍然覆盖着厚厚的白雪。

一种诡异的声音钻进了特奥多尔的耳朵，像是一个饿极了的怪物咬了一口房檐，正在细细品尝房檐的味道，咀嚼声从窗户外边传来。特奥多尔从床上坐了起来。

特奥多尔在脑海中过了一遍森林里所有的动物，难道是熊？还是猞猁？又或者是老鹰？他小心翼翼地走到窗边想一探究竟。越靠近窗边，他的脚步越轻，生怕惊动了那个发出声音的东西。他微微将头探出窗外，看见了一个怪物——一只长着四条腿的灰褐色的巨型动物。这究竟是什么动物啊？

特奥多尔有一身穿上之后像一只小熊一样的衣服，他赶紧套上这身衣服，背上自己做的弓和箭袋，慢慢地推开门，门发出"吱呀"的一声。那个诡异的声音像是被惊动了一样，立马消失了。一时间，房间里静得一根针掉到地上都能听得见，特奥多尔站在门里面大气都不敢喘一口，小心翼翼地透过门缝向外看——那个怪物消失了！

*＊＊

曾祖父坐在阳台上，看着太阳升起，新的一天又开始了。这时，特奥多尔垂头丧气地走了过来。

"曾祖父，我可能看见了一只麋鹿，但我又不太确定，我还没看清楚它就跑了。"

曾祖父穿着一件格纹睡袍，头上戴着一顶睡帽。这些年，他一直都是这一身装扮。

在很久很久以前，曾祖父也是个小孩。曾祖父还清楚地记得以前的事情。他记得，那时候他幻想着可以过原始人的生活，回归大自然，与那些巨大的野生

动物为伴。

"麋鹿是一种很胆小的动物，人们很难看到它们。"曾祖父用他的一只眼睛看着特奥多尔说道。曾祖父只用一只眼睛看东西，另一只眼睛上蒙着一个眼罩，看起来像一个海盗。特奥多尔听说，这是因为曾祖父年轻的时候参过军，经历过战争，眼睛受伤了。特奥多尔很喜欢扮成海盗，也很喜欢听曾祖父讲他小时候的故事，就像现在，曾祖父问道："你想不想听个故事？"

当然了！特奥多尔当然想听曾祖父讲故事！

曾祖父点了一根雪茄。吸烟对身体有害，人们是不应该吸烟的，但是曾祖父可以，这是一百岁的老人才有的特权。特奥多尔并不能完全理解"特权"的意思，但是他可以从一数到一百，他知道一到一百之间隔了很多数字。

曾祖父看着太阳升起的方向，吐了一口烟，这口烟慢慢消散在空中。这时，曾祖父开口了："听故事的时候，总是能收获一些东西的。"

特奥多尔竖起耳朵准备聆听曾祖父的故事，曾祖父小时候的故事就此拉开帷幕。

第二章
丛林之王

"很久以前，那时候我还是个小孩，我的小伙伴叫图克。"每次，曾祖父都会这样开始他的故事。

"图克很崇拜英雄，你也知道，那个年龄的小男孩总是崇拜那种勇敢、善良的英雄。有一天，图克带着他哥哥的故事书来我家玩，那本书讲的是一个名叫'静坐的野牛'的印第安部落酋长的故事，他是一个真正的英雄，戴着羽毛头饰，弓不离身。但是你知道他是怎么得到'静坐的野牛'这个名字的吗？"

特奥多尔摇了摇头，他不知道，但是他知道曾祖父很快就会告诉他。

"'静坐的野牛'是草原上英勇善战的勇士，经常

救人于危难，所以人们就以野牛这种勇猛的动物为他命名，以此来赞颂他。

"图克和我说，如果我们也想要一个霸气的印第安名字，就必须干点儿惊天动地的大事。于是我们用细绳将羽毛穿起来，自己做了印第安酋长头戴的冠帽，换上绑着穗子的大衣，背上小木弓和箭袋，出门去干大事了。

"据说，在离我家不远的森林里，有长着十二个叉的角的雄鹿。那个时候是秋天，正好是鹿的发情期。"

"什么是发情期啊，曾祖父？"特奥多尔问道。

"发情期的时候，雄鹿会向雌鹿求爱，问心仪的雌鹿要不要和它在一起。"

特奥多尔咯咯地笑道："那雄鹿怎么和它心仪的雌鹿交流啊？"

"就像这样！"曾祖父仰头对着天空发出了"呦呦"

的声音，山里响起阵阵回声。

"哈哈哈，曾祖父，你这样看起来有点儿不正常。"

"是有一点儿，但是图克更不正常，因为他说如果我们可以抓住一只发情期正在这样吼叫的雄鹿，我们就可以拥有像'巨型雄鹿'这样勇猛的印第安名字了。但是我有点儿怀疑，因为我觉得抓住一只发情期的雄鹿和'静坐的野牛'救人于危难是两码事。

"但是图克说：'要不我们就耐心等待一下，等猎物过来，我们先抓住它，然后再放了它，这样也算是救人于危难了吧。'

"于是我们就这样等啊等，等啊等……过了许久，只等来了一个遛狗的女士。

"'唉！没有任何让我们救人于危难的机会！'图克说道，'我们该怎么办？'

"图克挠了挠自己的肚皮，每当他思考的时候，都会做出这个动作。他总是说这样能激发他的想象力。果然，只一会儿，图克就有了主意：'我们先挖个陷阱，等有雄鹿掉下去后，再把它拉上来，这样我们就做到了既抓住一只雄鹿，又救它于危难。我们可以像印第安人捕猎时那样，通过鹿群留下的排泄物，来精确定位鹿群的活动范围。'"

曾祖父低头看了看趴在他膝头的特奥多尔，解释道："排泄物就是粪便比较文雅的一种说法，粪便这个词不适合出现在故事中。"

特奥多尔被曾祖父的解释逗笑了。

"图克是个狡猾的人，他和我说，我们得挖一个足够深的陷阱，然后他就指挥着我在那儿不停地挖，最后那个坑都到我的头那么深了，才叫我停下来。"曾祖父继续讲他的故事。

"图克和我反复强调，这个陷阱得够深，深到可以

困住一只雄鹿，或者至少是幼年的小鹿，再不济也得能困住一只小猫。

"我们在陷阱上盖上了一些枯树枝，图克还从兜里掏出一个苹果，他把苹果当作诱饵放在枯树枝上。图克无论走到哪儿都会带点儿吃的，因为他总是说，你永远不能预测你什么时候会饿，而且他很讨厌饥饿的感觉。

"我们把陷阱布置好了，就躲到旁边开始守株待兔。图克等得都犯困了。其实我觉得他肯定已经睡着了，因为我听到了他的呼噜声，虽然他总是说，英雄是不应该打呼噜的。

"就在我们以为那天不会有什么收获的时候，陷阱那边突然传来了猎物掉进去的声音。我和图克小心翼翼地靠近陷阱，毕竟雄鹿算是大型动物，应该对它有所防备。我们看见作为诱饵的苹果被咬了一口，陷阱上的树枝也有动物踏上去的痕迹。我们轻轻地将盖在陷阱上的树枝移开……你猜，我们看到了什么？"

特奥多尔替曾祖父和图克捏了把汗："你们看到了什么？"

"在陷阱里，我们只看到了一只红色的小松鼠！我和图克都笑了，但是说句实话，我们也都松了一口气，还好我们抓到的不是一只发情期的雄鹿，只是一只小松鼠。

"从那之后，'饥饿的松鼠'就成了图克的印第安名字，至于我的印第安名字，则是'勇敢的挖掘者'，因为我挖坑挖得特别好！"

特奥多尔目瞪口呆地看着曾祖父："真的吗？"

曾祖父点了点头："真的。我曾经装过一个玻璃义眼，然后看起来就跟一个真正的海盗一样，这比海盗的样子还要真。但是玻璃义眼可就是另一个故事了。"

特奥多尔背上自己的弓箭，他要去森林里找一只麋鹿！一步、两步、三步……他向着森林深处走去。

一只小松鼠站在小窝门口。曾祖父看见它，单手摘帽，礼貌地问了一句"早上好"。小松鼠歪着头看了看曾祖父，然后钻回了窝，在里面翻找了一番，再出来的时候爪子里多了一小块烤面包。

***

特奥多尔将弓拉到最满，闭着一只眼，瞄准方向。他一松手，箭就飞了出去，"嗖"的一声划过空气，直插树干。正中目标！

特奥多尔开心地跳了起来，他做到了！但是箭扎的位置太高了，他试着用松果把箭砸下来，但是扔了几个都没成功。哼！他决定换个战术。

他像个印第安人一样三下五除二就爬上了树。一阵香气飘到了他的鼻子里，是蓝莓的香气！特奥多尔摘下一颗蓝莓尝了一下，心想：麋鹿会喜欢吃蓝莓吗？

蓝莓香甜的味道席卷了他的味蕾，紫色的汁液顺着他的手指流了下来。他自己都抵抗不了蓝莓的美味诱惑，麋鹿肯定也会喜欢的。特奥多尔用蓝莓在路上留了一串记号，想着如果自己足够幸运，肯定会看到循着香气走过来的麋鹿，他只需要守株待兔就行了。然后，他躲到树后面静静地等待。

等待的时光总是漫长的，等待某些美好的事物的时候会格外漫长。就像曾祖父总说的那样，美好的事物是需要耐心等待的。

特奥多尔就这样等啊等，等到他的腿都麻了，胳膊也酸了，眼皮也变得越来越沉。他心想：当个印第安人好难啊……然后就这样靠着大树睡着了。

小鸟在树上叽叽喳喳地叫着，微风拂过，小溪静静地流淌着，时不时会出现几个徒步者。

特奥多尔睁开眼睛，顺着蓝莓的方向看过去，他揉了揉眼睛，以为自己还在梦中——他看到了一只麋鹿！一只正在吃蓝莓的麋鹿！这只麋鹿有着丛林王者的威严，还长着小狗一般清澈、无辜的双眼。特奥多

尔和那双眼睛对视了一下，但是麋鹿看到特奥多尔后，就踩着沉稳的步子，慢慢地消失在了丛林深处。

特奥多尔小声嘀咕道："丛林之王，"他露出了自信的笑容，"我的印第安名字就是'丛林之王'了！"

第三章

小熊宝宝

　　千鸟花、委陵菜、夹竹桃、羊角芹、绣线菊漫山

遍野肆意生长，突然，一对小熊耳朵从中探了出来。

　　"是你在那儿吗，特奥多尔？"

"曾祖父！是我！"

森林里洋溢着春天的气息，和煦温暖的阳光驱散了冬日的寒意。

戴着帽子和眼罩的曾祖父坐在阳台上，看着正在玩耍的特奥多尔，他像一只小熊宝宝一样正在撕咬着什么东西。

"你是在想象自己是一只熊吗，特奥多尔？"

特奥多尔从屋前的草丛中抬起头，看向曾祖父的

方向。他身上穿着的正是他那身带有耳朵和尾巴的小熊服装。

曾祖父笑了："好！好！好！这是天性，孩子就应该放开了玩！"

但是特奥多尔觉得他并不是在想象自己是一只熊，他觉得自己就是一只熊！他今天心情不太好，想到这儿，他又猛地咬了一下面前的东西："我没有玩……我什么也做不好。"

"瞎说！"曾祖父说道，"人都有擅长的事情，只是你可能还没发现自己的特长。来，来曾祖父这边！"

特奥多尔从草丛里起身，朝着曾祖父的方向走过去。

曾祖父手里拿着一杯咖啡，热气缓缓升腾，特奥多尔觉得这就是岁月静好的感觉。这种感觉令特奥多尔放松下来。

***

"很久以前，那时候我还是个小孩，我的小伙伴叫图克。"

特奥多尔搬了个小凳子坐在曾祖父身边。

曾祖父看着特奥多尔问道："准备好听新的故事了吗，特奥多尔？"他的眼神里带着慈爱和一点点顽皮。

特奥多尔点点头，准备听曾祖父娓娓道来。

"图克总说我笨手笨脚的，什么都做不好。但是我觉得他说得不对，我也有擅长的事情。

"他总是说我的手指头简直是长错了地方。

"我那时候还不太能理解他想表达的意思，因为我觉得我的手指头就完美地长在它们应该长的地方。图克说这是他听他爸爸说的。图克的爸爸是顶级的木匠，同时还是奥胡斯私人银行的董事长，也就是说他的动手能力和掌控钱的能力都是一流的。图克总能从他爸爸那里学到很多东西。

"于是我陷入了沉思：我是不是真的什么都不擅长啊？幸运的是，当人们深思熟虑过后，总会想明白一些事情。我也是这样的，好几天下午，我都躺在床上边挠肚皮边思考，这是我和图克学的。然后突然间，我就有了想法。

"第二天，我一见到图克就迫不及待地和他说：'公众集会！'

"图克困惑地看着我：'你说什么？'

"'公众集会！我是说我找到了我擅长的事情，我擅长在公众集会上演讲！'

"图克还是一脸困惑地看着我，我只能继续和他解释：'在公众集会上，一些人会公开发表演讲，其他人就听他们在讲什么。我很擅长演讲。'

"我曾经和父母一起去参加过这种公众集会，所以我听过一些人的演讲，他们站在台上侃侃而谈、游刃有余。我觉得我也可以像他们一样。

"图克深信眼见为实，他总要先看到才会相信。图克说，在我给他演讲前，我们得先找一些听众，如果只有他自己听我演讲，好像并不算是一个公众集会。'没有听众的集会并不能算是公众集会。'我很认同图克这个观点。

"于是我们去问图克的父母以及他家的女佣，但是这些大人都说他们很忙，没有时间参加我们的公众集会。他们有很多比听我演讲更重要的事情要去做——大人们总是这样。

"'我想到了一个地方！跟我来！'图克拉着我就往森林中走去。我们来到了一小片空地上，周围长着一圈冷杉树，这些冷杉树仿佛正等着有人来和它们说话。

"'这就是你的听众啦！'图克兴高采烈地和我说，'你可以开始了！'

"然后我就开始了我的演讲。哦，天哪，你肯定难以想象，我就这么夸夸其谈，从骑士讲到了巫术，又讲到了士兵和史前动物剑齿虎，还讲到了独角兽和印第安人、马戏团和探险家……

"最后，图克说我的演讲太长了，他都听饿了，饿到肚子的叫声快和火车发出的鸣笛声一样响了，但是他必须承认，我在演讲方面确实有天赋。

"所以，虽然我做事总是笨手笨脚的，也不擅长数学计算，但是我很擅长讲故事！"

特奥多尔起身准备离开。

"你要干什么去，特奥多尔？"

"我也要去试试看我在哪方面有特长。"特奥多尔三步两步就跑远了，只能在花丛中看到一个小熊的背影。

"现在的小孩子啊，兴致来得真快。"曾祖父咯咯地笑了起来，"人各有所长，要细心寻找才能发现自己的长处。"

第四章
曾祖父的小伙伴图克

特奥多尔像每天早上一样低头吃着燕麦粥，他睡眼惺忪，还没有完全清醒过来。"他总是饿，因为他还在长身体；他在不断地长大，因为他一直在吃东西。"这是曾祖父总说的一句话。

特奥多尔穿着他的小熊服装，他的口味和小熊也很像。不对，应该说特奥多尔就是一只小熊。

曾祖父走进餐厅，嘴里还哼着歌："感谢上帝，让我们拥有一夜美梦……"他顺手将黑麦面包放进烤面包机里，又转身到冰箱里拿了一片芝士，嘴里还念念有词，"如果这世界上没有黑麦面包和芝士片，我可能就要饿死了。"说着，他低头看了一眼自己快把格纹睡袍撑爆的肚子。

"曾祖父！"

曾祖父端着自己的早餐坐到餐桌旁："怎么了？"

"你和图克究竟是怎么认识的啊？"

曾祖父不断搓着双手，这是他在思考的时候经常做的动作。图克喜欢挠肚皮，曾祖父习惯搓手，这都表明他们在思考。

曾祖父陷入了回忆。特奥多尔知道，一般这种时候，只要安静地等待一会儿，曾祖父就会想起来了，就像黑夜过后就会是黎明一样理所当然——像曾祖父这样岁数的人，回想一些事情总是需要时间的。

微风拂过，燕麦粥还是温热的，曾祖父舀着燕麦粥，特奥多尔在等待曾祖父的故事。

"特奥多尔，我的乖曾孙，你可不可以帮曾祖父保守这个秘密？"

特奥多尔点了点头。

"很久以前，我和你一样只有五岁，那是我和图克第一次相见。图克和其他小伙伴不一样，因为他不是'走'进我的生命中的，他是开着一辆车来的。"

"一辆车？"特奥多尔吃了一惊。

曾祖父点了点头："是一辆纸箱做的车，他自己亲手做的，有脚踏板和方向盘，车身上还挂着一个橡胶小喇叭。哇，那时候谁能拥有这样一辆车简直太酷了。看着他开着这样一辆车路过，我羡慕得不得了，我做梦都想拥有一辆这样的车。但你猜,后面发生了什么？"

特奥多尔摇了摇头，他完全无法预测故事的走向。

"这辆车就这样停在了我家大门口，坐在车上的那个男孩竟然问我要不要上车一起兜个风。

"'十分钱一圈。'他对我说。

"'十分钱？'我没有那么多钱。

　　"'你要是没有那么多钱，你可以投资我的车，买我的股份。'图克提议。

　　"我当时完全不知道'股份'是什么意思。我知道幻境是什么，也知道树洞、锡兵，甚至是双人自行车，但是'股份'这个词已经超出了我的认知范围。

　　"'只要你投资我的车，购买股份，你就是这辆车的共同所有人了。'图克给我解释道。

"'共同所有人'，这个词听起来就很高级，更何况我还能拥有这辆车！

"'你有没有什么可以拿来投资的东西啊？比如曲奇饼干？裤子扣？'图克问道。

"'没有……'我摇了摇头，我的裤子扣好好地缝在裤子上，而曲奇饼干放在我根本够不到的地方。

"图克挠了挠肚皮，仔细地想了想。

"突然，我想到了我可以拿来投资的东西：'我有赞美诗的诗节！'

"'赞美诗的诗节？你拿出来给我看看！'

"'都在我的脑袋里呢！'我说道。

"'你把这些诗节都放在脑袋里了？'图克震惊地看着我，他不太确定我的小脑瓜能不能装下那些诗节。

"'不是这个意思……哎，不过也可以这么说。'

"图克听完笑了出来，然后我也控制不住，跟着一起笑。我们都笑了，直到笑出眼泪了也停不下来。笑是会传染的。

"'来吧，快上车，现在你就是这辆车的发动机，我就是方向盘。'图克对我说。

"大街上的人们都盯着我们，盯着两个'开车'的孩子——我在后面推着车，图克在前面控制方向。我边推边唱：'感谢上帝，让我们拥有一夜美梦。孩子们躺在暖暖的被窝里，窗外的鸟儿站在树上唱歌，像海里的鱼儿一样自由快乐，清晨的阳光透过窗户洒落一地。'

"我和图克，我们就这样一直走，像是要走到地老天荒。

"那天我特别开心，因为我拥有了世界上最好的小伙伴。"

***

天空飘起了毛毛雨，特奥多尔赶紧把小熊帽子拉了下来，两只小熊耳朵立了起来。他走进曾祖父的储物室——这里以前是食品储藏室，冰箱出现后，就被改造成了储物室。储物室里光线昏暗，一缕缕光只能透过墙上的裂缝照进来。特奥多尔仔细打量了一番，看有哪些工具是他用得上的。

他找到了一架木制的雪橇、一个断了腿的凳子，还从一个儿童摇篮上面卸下来了几个小齿轮。他费力地把这些东西都搬出了储物室，还顺手拿了一个锤子、一些钉子和一把锯子。

曾祖父穿着绿色的睡袍坐在阳台上喝咖啡，看见特奥多尔拿着一堆东西从储物室里走出来，问道："你在干什么呢，特奥多尔？"

"我在试着组装一辆车。"

"好孩子，但是记得千万不可以用锯子！"然后曾祖父点了根雪茄。

特奥多尔把两块木板钉在一起，但是木板太长了，必须要锯掉一部分，于是他喊道："曾祖父？"

曾祖父已经开始打瞌睡了，他咕咕哝哝地答应了一声："……嗯？"

"我可以用一下锯子吗？"

"唔……千万不可以用锯子哦。"

但是，特奥多尔还是拿起了锯子，开始锯那两块木板，一不小心划伤了手指。他起身去找创口贴，他知道创口贴放在哪里。创口贴可以用来包各种伤口，包上之后就看不出来受过伤了。

"特奥多尔，一定要注意不要受伤哦！"曾祖父闭着眼睛嘱咐道。

"放心吧曾祖父，我一定会小心锯子的。"

"真棒！"

过了一会儿，车组装好了，但是还缺一个方向盘。

特奥多尔看着曾祖父车上的方向盘，心里盘算着，如果他可以把那个方向盘放到自己的车上……

"曾祖父，我可以和你借一下方向盘吗？"

曾祖父已经醒过来，正在阳台上全神贯注地读报纸，完全没留意特奥多尔说了什么。所以说，大人们总是只用眼睛看，都不用耳朵听。"没问题，你需要什么就自己去拿，但是千万不要用锯子哦。"

特奥多尔不知道怎么才能把方向盘拆下来，不管他怎么拉扯、硬拽，方向盘都稳如泰山，丝毫不动。怎么办啊？特奥多尔看了看锯子，看了看方向盘，看了看曾祖父，又看了看锯子……怎么办呢？

波比比特正趴在厨房的窗户上看着特奥多尔，眼里充满好奇，跃跃欲试想要帮忙。特奥多尔看见了它。

有主意了！特奥多尔跑进厨房，翻出了一个大号的锅盖。方向盘是圆的，能够旋转；锅盖也是圆的，也可以旋转。就是它了！

特奥多尔拎着锅盖跑了出去，波比比特也跟着跑了出去，它也想加入特奥多尔的队伍。特奥多尔找出一颗钉子，几下就把锅盖固定在了车上。

现在他只需要试驾一下，看看这辆车到底能不能开起来。

动了！动了！车子开动了！

特奥多尔在屋后的小山坡上转了几圈，自豪地喊道："曾祖父，快看我！"

曾祖父走了过来："让我看看……你也有一辆车了！一辆木板做的车，做得真好……等一下，这是我的锅盖吗？"

特奥多尔不敢直视曾祖父的眼睛："嗯……是的。"

曾祖父眉头皱了皱，他突然看到了特奥多尔手指上的创口贴："你是怎么做到不用锯子组装出一辆车的？"

特奥多尔的脸一下子就红了，这简直是搬起石头砸自己的脚："可能……我就是用了那么一小小下……对不起，曾祖父！"

"你记住，如果我说了有些事情你不可以做，你就一定不能做。我那么说都是为了你的安全着想。"

特奥多尔连忙点头。

曾祖父轻轻地拍了拍他的肩膀："上来，我带你兜一圈！"

特奥多尔松了一口气，说道："好呀！出发！"

特奥多尔坐在车里，曾祖父在后面推着他，时不时捏两下橡胶小喇叭，发出"嘀嘀"的声音，波比比特吓得跑到了一边。小车轧过地上的石子，朝着更广阔的世界开去。

第五章
夏季的第一天

这几天，气温越来越高。曾祖父拿出手帕擦了擦额头上的汗珠，不时地抱怨一下炎热的天气。大人们总是这么奇怪：当夏天来临，他们就开始抱怨天气炎热；但是在其他季节，他们又一直渴望夏季的到来。

特奥多尔从不抱怨这些，他很喜欢夏天，因为曾祖父答应他，会在天气转暖之后带他去湖边玩，还可以去游泳。

他们的小屋离湖边还有一段距离。说是一段距离，其实说离得很远也不过分，所以开车去才是最佳的选择。

曾祖父有一辆车，他给它取名为莫加巴辛。每次他们要开车去其他地方的时候，曾祖父总会说："走，我们去开莫加巴辛！"

特奥多尔坐在前排的副驾驶位置，这是他在自己家享受不到的待遇，因为按照规定来说，特奥多尔还没到可以独自坐在副驾驶位置的年龄。但是曾祖父不在乎这些，年龄对他来说就只是个数字，他甚至都不太记得自己今年究竟多大岁数了。

这是特奥多尔所不能理解的，他清楚地记得自己今年多少岁了，甚至几个月零几天他都记得。他还知道距离自己的下一个生日还有多久，哪怕他才刚刚过完今年的生日。一年足足有三百六十五天，但是日子一天一天过得飞快，下一个生日很快就到了。

*****

特奥多尔正在胡思乱想着，他们已经快到了，隐约能看见湖边的花丛了。

"你看那路边美丽的小花。"曾祖父又开始唱歌了，一边唱一边背上了背包，拎上了自己的钓鱼箱。

特奥多尔接过钓竿。

"小心钓竿上的钓钩哦，特奥多尔。"

"我会的，曾祖父。"

"快看！"特奥多尔指着湖面上的白雾，就像一缕缕青烟从水面升起，又消散在空中。

"这是沼泽女士制造的雾。"曾祖父说道。

"那我们能在雾中找到沼泽女士吗，曾祖父？"

"呃……她制造这些雾是为了让精灵少女们跳舞的。"

特奥多尔盯着湖面上的白雾，希望能看见精灵少女。

"曾祖父，你见过精灵少女吗？"

"唉，我记不得了。"曾祖父仔细搜寻着有关精灵

少女的记忆，"但是有一次，我见到了美人鱼。"

"美人鱼真的存在吗？"特奥多尔吃惊地看着曾祖父。

曾祖父点了点头："在我们等鱼咬钩的时候，我再给你讲这个故事吧。"

特奥多尔和曾祖父把鱼饵挂到钓钩上，他们的盒子里装的都是小毛毛虫，摸起来黏糊糊的，一旦有人捏住它们，它们就会开始蠕动。

一、二、三，扔！钓钩在空中划过一道弧线，"扑通"一声沉进了湖里，湖面泛起一圈圈的涟漪。

曾祖父打开他的折叠椅，一屁股坐了上去。

"很久以前，那时候我还是个小孩，我的小伙伴叫图克。

"那次我和图克打算钓两条鱼，我们带着钓竿到了湖边。

"我们俩坐在岸边，把鱼饵挂到钓钩上，'嗖'的一声扔了出去，然后就等啊等，等啊等……但始终没有一条鱼咬钩。"

特奥多尔等得有点儿不耐烦了，焦急地问道："真的什么都没发生吗，曾祖父？"

"可不是，我们看得到湖里的鱼儿绕着我们的钓钩游来游去，但是它们都太聪明了，没有一条咬钩。图克带了两个甘草糖卷，但是我们说好在钓到鱼之前绝对不吃。'人要先付出，才会有收获。'这是图克经常说的一句话，是他从他爸爸那儿学来的。

"一转眼几个小时就过去了。打发时间最好的方式就是讲故事，这样等待的时间就显得不那么漫长了。于是我开始给图克讲小美人鱼的故事：小美人鱼爱上了一位王子，但是王子却娶了别的女孩，小美人鱼最终化作泡沫，消散在世间。

"当我讲完了小美人鱼的故事,图克问我:'你觉得美人鱼真的存在吗?'——他和你问了一模一样的问题。

"'我觉得她们是真实存在的。'

"'那你觉得她们会不会就住在这个湖里,在湖里游来游去的?'

"'我觉得会的。'

"'我在想，那我们可不可以向她们求助？'图克说道。

"'我觉得这是个很新奇的想法……而且我们要怎么寻求美人鱼的帮助呢？'

"你也知道，图克在那个时候就很有商业头脑了。他提议，我们可以送给美人鱼一份礼物，然后为了回报我们，美人鱼就会答应帮忙了。这也算是一种投资。但是唯一的问题就是，我们没有可以送给美人鱼的东西。"

"你们的甘草糖卷！"特奥多尔激动地说道，"你们可以把甘草糖卷当作礼物送给美人鱼！"

曾祖父点了点头，笑了起来："对！特奥多尔，你又和图克想到一块去了！但是你知道他是怎么说的吗？"

特奥多尔摇了摇头，期待地看着曾祖父。

"图克提议：'我们把你的那个甘草糖卷送给美人鱼吧。'

"'我的？'我问道。

"'对。我们把你的甘草糖卷送给美人鱼，作为回报，她们会送给我们一条鱼。'"

特奥多尔看着曾祖父："这太难抉择了，太冒险了。"

"是的，很冒险，但是值得一试，因为以前从没有人试着这样和美人鱼做过交易。于是，我和图克把我的那个甘草糖卷挂到了钓钩上，重新扔进水里。然后又是漫长的等待，等啊等，等啊等……突然，有东西咬钩了！

"那好像不是一条鱼，那东西比鱼大好多，特别特别大。我和图克趴在水边想要看看那到底是什么。

"'不会……不会真的是一条美人鱼吧？'图克惊得说话都结巴了。

"但是还没等我们看清楚，那个东西就用力地咬住钓钩想要往湖底深处拖，抓着钓竿的我差点儿就被拉进了水里。图克一把搂住我的腰，我们一起用力把那个东西往岸上拽。我们必须要抓到我们的战利品。

"最终，一条巨大的鱼被我们俩拽出了水面。我从来没见过那么大、那么漂亮的鱼，图克也从来没见过。

"图克将他仅剩的一个甘草糖卷分了一半给我。在言出必行这一点上，他一直做得很好。'看来我们的甘草糖卷深受美人鱼的喜爱啊。'图克骄傲地说道。

"不过最精彩的部分发生在下午，我们在图克家吃鱼的时候。

"我理所当然地被邀请去图克家一起分享战利品，顺便吃个晚饭。但是当图克的妈妈剖开鱼腹的时候，你猜我们看到了什么？"

"你的甘草糖卷？"特奥多尔简直不敢相信。

曾祖父点了点头："正是我的甘草糖卷。"

这时，突然，有东西咬住了特奥多尔的钓钩，他一边努力收竿一边喊："曾祖父！曾祖父！"

"用力拉，孩子！"

特奥多尔和曾祖父一下一下地收着竿，连吃奶的劲都用上了："用力！用力！想想甘草糖卷和淋着果酱的华夫饼！用力啊！！"

特奥多尔和曾祖父终于合力把鱼拽了上来，鱼在他们的脚边，尾巴一摆一摆的，在阳光下闪闪发光。

一条肥美的鲑鱼，绝对算是很好的战利品了。

特奥多尔双手叉腰，骄傲得不得了，又开心又激动，他笑着问曾祖父："你觉得这是美人鱼送给我们的礼物吗？"

曾祖父也笑了："说不定是呢。现在，我们可以享用我们的甘草糖卷了！"

＊＊＊

日落西山，整片天空都被染成了红色，小草沾上了些许露水，湖面上的雾气不断升腾。

曾祖父和特奥多尔开着莫加巴辛回家了，一路上，特奥多尔都抱着水桶看里边的鱼，同时，他的嘴也没闲着，一直嚼着甘草糖卷。

他们离开湖边，远远地看到天空倒映在湖面上，仿佛有一条和安徒生童话故事里一模一样的小美人鱼潜入了水中，正穿梭在海藻间。

第六章
海盗

"打开我的前桅帆！"

特奥多尔手执长剑，眯缝着眼睛，慢慢靠近波比比特："海盗！你的末日到了！快点儿求饶吧！"

"喵。"波比比特叫了一声，翻身起来准备和特奥多尔一起玩。

特奥多尔叹了口气，揉了揉猫咪的肚子："这不公平，你有九条命。"

这时，曾祖父正好抱着木头走进小屋，他看起来真的像一个强壮的海盗："过来帮个忙呗，特奥多尔？"

特奥多尔把长剑挂回腰间，赶紧跑过去帮忙。

"你是不是有一艘船来着，曾祖父？"

曾祖父有一座小屋，就像莫加巴辛、波比比特都有自己独特的名字一样，他的小屋叫科威逊。但是他好像确实没有船。

"唉。"特奥多尔不太高兴。

"但是我有想象力啊。你也有，你可以想象你有一艘船。"曾祖父提议。

"好，我试试！"但是很快新的问题就出现了，船可以靠想象，可船员怎么办呢？

"一个船员够吗？"曾祖父拿起木柴挥舞了两下，肚子上的赘肉也跟着晃了两下。

特奥多尔思考了一下，曾祖父一个人可以顶两个船员。而且曾祖父戴着眼罩，本身就很像一个海盗。这样一来，一切就都准备就绪了。

"但是我们没有大海。"

"大海是没有，但是我们有山，而且我还有故事。"曾祖父说。

特奥多尔把木头放到柴火筐里，木头和铜筐撞击发出的声音像极了大炮发射的声音。

曾祖父挠了挠肚皮："我有没有和你说过，有一次我和图克一起，在图克家的院子里造了一艘帆船？"

特奥多尔将眼睛眯了起来，他有点儿怀疑曾祖父这个故事的真实性。

"我家和图克家的人都明确警告过我们，不允许去湖边划船玩。但是如果我们想成为真正的海盗，我们就得有自己的船。所以，除了自己做一艘船，我们别无他法。我们在图克家的棚子里翻出几块木板——如果你还记得的话，图克的爸爸是一位木匠，所以图克家有很多木板。我们还和图克的妈妈借了一条床单来当帆。

"图克的妈妈想象力并不是特别好，但是我清楚地记得，那天，她给我们送来了三明治，而且竟然还和我们说了一句'一路顺风'。"

特奥多尔挠了挠头，问："三明治是什么啊？"

"三明治就是两片黑麦面包中间夹了一些其他吃的。"曾祖父回答道。

"啊！我明白了！"特奥多尔点了点头。

"我们就这样在那儿敲敲打打，组装拼接，最后竟然真的造出了一艘挂着海盗旗的帆船，看起来还真像

那么回事。"

特奥多尔低下头，陷入了沉思，这次他不相信曾祖父讲的故事。尽管曾祖父讲得非常生动，但是妈妈和他说过，曾祖父的耳朵后面藏着一只狡猾的狐狸，这次他看见了，曾祖父一定是在撒谎！

"可是，我爸爸一点儿都不相信我。"曾祖父接着讲，他看起来委屈得快哭了，"那天回家的时候，我爸爸问我为什么回来得这么晚，我就和他解释说，因为我和图克做了一艘船，我们去四大洋远航了，所以忘记了回家的时间。结果我爸爸一点儿都不相信我说的。我和他据理力争，想要证明我说的都是真的，却换来了一个关禁闭的下场——因为爸爸说他明确地警告过我，不允许在没有大人陪同的情况下去划船。

"接下来的几天，图克来找我出去玩，都被我爸爸回绝了，他告诉图克我被关禁闭了。

"图克完全不能理解我为什么要被关禁闭，于是我爸爸告诉他，是因为我私自去湖边划船了，这是他明令禁止我做的事情。我爸爸是一个喜怒不形于色的人，但是那天我能看出来他特别生气。

"可你知道图克是什么反应吗？他竟然当着我爸爸的面开始捧腹大笑。我觉得当时如果放一粒葡萄干在他的肚子上，估计葡萄干都会在他的肚子上跳舞。

"等图克笑够了之后，他告诉了我爸爸那天我们究竟干了什么——我们只是在他家门口的草坪上'划船'。

"爸爸觉得难以置信，但是图克以童子军的名誉发誓他说的一切都是真的。最后爸爸向我道了歉，又允许我和图克出去玩了。"

***

特奥多尔和曾祖父一起组装了小半天，太阳都已经从东边落到了西边，船终于组装好了！映着夕阳的光芒，伴着起伏的山峦，那艘船立在曾祖父院子里的草坪上，仿佛它就在海里漂浮着。

曾祖父院子里的旗杆变成了桅杆，老式纺纱机上的轮子变成了船舵，旧绳索变成了绕船的围栏，四个木桶变成了船上的大炮。

特奥多尔系上头巾，指挥道："起程吧，海盗先生！"

"打开前桅帆！"曾祖父喊道。

特奥多尔、曾祖父和晕船的波比比特就这样出发了，他们向着地平线前进，开启了一段全新的未知旅程。

第七章

森林的秘密

特奥多尔一直相信一件事：森林是有秘密的，而秋天是森林秘密最多的时候。树木在窃窃私语，"飒飒"声回响在森林中，冬天和寂静还在埋伏以待，随时准备出击。特奥多尔有时会认为，一到秋天，树木之间的窃窃私语都变得有点儿聒噪了。

森林是特奥多尔的地盘，也是曾祖父的，是他们的地盘。一到秋天，挪威的森林里到处都是蘑菇，这正是采蘑菇的季节。山里的蘑菇有一些是可以吃的，还有一些是有毒的，曾祖父都能分辨出来——曾祖父无所不知，就像他知道森林中所有的小路一样。

特奥多尔指着地上的脚印问道："熊的脚印是什么

样的啊，曾祖父？"

曾祖父指着自己的脚印说："熊的脚印和我的脚印差不多一样大。"

特奥多尔一脚踩进曾祖父的脚印里，对比之下发现自己的脚太小了。特奥多尔有点儿沮丧："熊真的是一种很危险的动物吗，曾祖父？"

"只要对它们充满敬意，并且和它们保持适当的距离，它们并不会伤害我们。"

曾祖父曾经见过一只熊，一只货真价实的熊。这个故事曾祖父已经讲过好多遍了，但是好故事不怕多听几遍，特奥多尔很想再听一遍。

曾祖父拎着装蘑菇的篮子，继续往森林深处走去，一边走一边开始讲这段故事——

"森林的深处，小溪从树丛中间流过，这里长着这一带最好吃的蓝莓。清晨的时候，我为了满足自己的口腹之欲，想在燕麦粥里加一点儿蓝莓，连睡衣都没有换就过来了。我站在小溪的这一边，看到对岸有一块大石头，我之前都没有留意过。但是我也没多想，就开始摘蓝莓了。

"突然，我听到了一个奇怪的声音。我抬头一看，那并不是一块石头，而是一只熊！它一边吃着蓝莓，一边静静地看着我。它和我一样惊讶，也一样地饿。

"我小心翼翼地摘下睡帽，对它说道：'早上好！'我心里盘算着，伸手不打笑脸人，我先恭敬地问候一下，它应该就不会攻击我了吧。接下来的几分钟，我们就这么互相看着对方，后来还是那只熊率先打破了寂静，它咕噜了一声，转身走进了森林。"

特奥多尔看了一下四周："曾祖父，我们有可能遇到一只熊吗？"

"有可能哦。但是相比于我们对动物的恐惧，它们其实更怕我们，所以我们一定要保持安静，不要吓到它们。"

特奥多尔和曾祖父继续往森林深处走，边走边采蘑菇。曾祖父开始哼起歌来，特奥多尔则一直安安静静地找寻熊的踪迹，想象着会有一只熊出现在他们面前的空地上。特奥多尔把脚步放得很轻，但是他一只熊都没见到——那只是一些长满了苔藓的石头。

曾祖父一边走一边继续讲故事："很久以前，那时候我还是个小孩，我的小伙伴叫图克。我们一起上学，但是有的时候我会自己到森林里来。

　　"森林里有我熟知的小路，我甚至知道哪条小路是捷径，还有一个秘密树洞，那个地方只有我自己知道，就连图克都不知道这个秘密树洞。

　　"有几次，我就这样坐在洞中，忘记了时间，结果根本赶不及去上学了。

　　"但是我告诉你一个秘密，特奥多尔，有的时候我在森林里能学到一些东西，不是像学校里教的数学和拼音这类知识，我学会了发挥我的想象力。当我坐在树洞里的时候，我并不是一个人，那里有女巫、巨人、女孩、骑士、狮子、羚羊和可爱的小熊……我在那个树洞里看到了整个世界。"

　　特奥多尔指着那边的一块大石头说："那是只熊。"

他压低了声音。

"你确定吗?"

"确定!"特奥多尔指着那块石头和旁边几个小树桩,"那些就是熊妈妈和熊宝宝。"

曾祖父点了点头附和道:"啊,我也看出来了。"

"我们可以把采到的蘑菇分给它们一点儿吗?"特奥多尔小声问曾祖父。

他们小心翼翼地把蘑菇放到"熊宝宝"附近,然后两个人偷偷藏了起来。

"看!它们在小溪里玩呢。"曾祖父也压低了声音

说道。

特奥多尔笑了："可能是那几只熊宝宝在抓鱼呢！"

"有可能哦，毕竟想象是没有限制的。"曾祖父冲着特奥多尔眨了眨眼睛。

一阵风吹过，树叶沙沙作响，像是森林在低声呢喃。熊妈妈和熊宝宝在戏水，想象长出了翅膀，正在飞向远方。那天下午，特奥多尔和曾祖父在森林里看到了好多只熊。

第八章

下雪了

今天，特奥多尔起床时，感觉周围的一切和往常都不一样，他把羽绒被往床边一掀，起身跳下了床。波比比特伸了个懒腰，轻盈一跃，跳到了地板上，同时发出"喵"的一声。

特奥多尔跑到楼下，拉开大门。果然！广袤的大

地盖上了白色的毛毯——下雪了！

冬天总是一片寂静，仅仅一夜的时间，整个城市就悄悄地被白色包围了：树枝被厚重的积雪压得弯下了腰；山间湖面上飘着一层淡淡的雾气，从远处看就像是一个蒙着面纱的神秘少女；屋檐下挂着的冰锥像是水晶灯一般，折射着清晨温暖的阳光。

特奥多尔随手抓起一件外套，套在睡衣外面，又戴上一顶能包住耳朵的帽子，就迫不及待地冲向了雪地，撒欢地玩了起来。靴子踩在雪地上，发出"嘎吱嘎吱"的声音。特奥多尔很喜欢踩雪的声音，这个声音代表冬天终于来了，又到了可以撒欢的季节。

曾祖父没在厨房，他还在浴室里洗澡，特奥多尔时不时能听到曾祖父在里面哼歌的声音。院子里，灌木和花丛都被大雪覆盖了。冬天太冷了，但是特奥多尔很喜欢这种天气。他跑进屋，抓了一把巧克力塞进口袋，又转身跑到储物室，翻出来了一架看起来已经有些年头的雪橇。

他坐着雪橇滑了一段距离，路过几个晨跑的人，路上的积雪被他们的步伐带动，远远看去就像是起了雾。特奥多尔和他们打招呼："大家早上好！"

特奥多尔开心得哼起了歌："下雪了！下雪了！天地万物被皑皑白雪覆盖，漂亮极了！"

等特奥多尔回到院子里时，他看见曾祖父已经又穿着他的格纹睡袍、戴着睡帽坐在阳台上了。看见特奥多尔进了院子，曾祖父提高了声音问道："特奥多尔，是你吗？你里里外外地在忙些什么呢？"

"是我，曾祖父！你快看我在储物室找到了什么！一架雪橇！"

曾祖父笑着回应道："我看到了！你快进屋，外面太冷了。"

可特奥多尔一点儿都不觉得冷，尽管他的羊毛手套都湿透了，裤子上也沾满了雪，但是他仿佛感觉不到一样。他玩得正开心呢。

特奥多尔在后山的冷杉树中间开辟出一条滑道。雪橇滑下来的速度很快，脚后跟就是特奥多尔的"刹车"。说到滑雪橇，如果特奥多尔自认第二，估计没人敢当第一，等他长大了可以去当雪橇运动员，奥运会金牌都不在话下。

见特奥多尔还没进屋，曾祖父又喊道："特奥多尔？不早了，快回家来！"大人们总是这样夸张，太阳还没落山，就叨咕着"天色不早了""天都黑了"。但是特奥多尔还没玩尽兴，而且时间还早着呢，他自己可以照顾好自己的，他要去那个更高的斜坡，曾祖

父给那个山头起名乔恩，夏天的时候，那里都是散养的牛。

特奥多尔用绳子的一端绑住雪橇，另一端绕在自己身上，这样比较方便他拉着雪橇上山。

"呼啦，呼啦，到山上走走吧！来一场徒步旅行，呼哈，呼哈！"特奥多尔一边唱一边往那个山头的最高处走去。

路程很长，而且寒风阵阵，山上的积雪也很厚，特奥多尔的腿都埋在雪里了。山上到处都是一片白雪皑皑的景象。

经过长途跋涉，特奥多尔终于到达了山顶。或许这里还不算是山顶，但是对特奥多尔来说，这里已经足够高了。现在他需要补充一些能量，于是他拿出了揣在口袋里的巧克力。他发现成年人的世界总是有很多奇怪的规则：人们要给自己设立一个目标，达到了之后才能奖励自己，比如一块巧克力。按照这个规则，他现在可以奖励自己一块巧克力了。同时他在想，等他长大了，他想吃多少巧克力就吃多少。不过，他离长大成人还有很长一段时间，他现在还不想做一个大人。

现在，特奥多尔要赶紧开始往下滑了，山顶的风很大，他觉得自己快被冻透了。他的睡裤已经湿透，这点他在刚才上山的时候就有感觉，现在他甚至觉得裤脚已经开始结冰了。情况不太妙啊……

特奥多尔摆正了雪橇的位置，坐进去，双脚一蹬，全速前进！

但是速度有点儿快，而且越来越快！特奥多尔开始害怕了，冷风像刀子一样划过他的脸颊，他除了大片的白色之外什么也看不到。

特奥多尔害怕地闭上了眼睛，大喊道："曾祖父！

曾——祖——父——！"

"特奥多尔？"一个熟悉的声音从远方传来，"特——奥——多——尔——！"

一块石头藏在雪下，当雪橇轧过去的时候，特奥多尔连人带雪橇一起飞了出去，"砰"的一声，他栽到了雪堆里。

雪冷冰冰的，栽到雪堆里的特奥多尔冻坏了，现在他不想在雪地里撒欢了，他要回家。

就在这时，他感受到了一个熟悉的怀抱，咖啡混合着雪茄的气息包围了他，低沉又让人安心的声音在耳边响起："快来，让曾祖父抱抱。"

曾祖父用自己的大衣把特奥多尔裹了起来，抱着他往家的方向走去："放心，特奥多尔，曾祖父抱着你呢。"

听到这句话，特奥多尔放松了下来。曾祖父的怀抱真温暖。

　　"或许……"特奥多尔提议道，"或许我有幸可以

来一份你亲手做的华夫饼吗？"

第九章
华夫饼

特奥多尔刚泡完澡，小脸被热气熏得像秋天的红苹果。他裹上了厚厚的浴袍，头上还包了条毛巾，眯着眼睛透过门缝向外看去。

厨房的灶台上摆着锅碗瓢盆，曾祖父正在和面。尽管已经快到晚上了，曾祖父还是穿着他的格纹晨袍。曾祖父总是说，晨袍也是睡袍的一种，所以一整天都穿着也没事。

波比比特缩成一团躺在曾祖父放在壁炉前的摇椅上，不时还会发出"呼噜呼噜"的声音。它不喜欢雪沾到爪子上的感觉。

"你在干吗，曾祖父？"

　　"一个、两个、三个蛋，曾祖父的胡子消失不见；盛点儿面粉加牛奶，特奥多尔坐上雪橇不下来；黄油加糖搅拌开，人们脸上的笑容真可爱……我在做所有挪威人都爱吃的一样东西……"曾祖父神秘兮兮地说道。

　　特奥多尔的眼睛一下子亮了起来："华夫饼！"

　　"对喽！"

　　"耶！"特奥多尔三步并作两步地跳进了厨房，头上的湿毛巾掉到了地上。

　　"哎！"曾祖父指着毛巾提醒道。

"哦哦哦。"特奥多尔做了个鬼脸,"掉在地上的毛巾并不会影响华夫饼的味道。"不过,说完,他还是乖乖过去把毛巾捡了起来。

特奥多尔也想帮忙,他打开厨房的抽屉,拿出了一堆瓶瓶罐罐。

"一个一个来,不然这些东西加进去,面糊都成大杂烩了。"

"什么是大杂烩啊?"

"大杂烩就是把所有东西胡乱弄到一起。"

"哦,我懂了!"特奥多尔很聪明,一点就通。

"首先请递给我一个鸡蛋,"曾祖父接过鸡蛋,把它打在了碗里,"然后递给我糖和肉桂粉。"

特奥多尔站在灶台前:"肉桂粉,肉桂粉,肉桂粉……"他想在那一堆瓶瓶罐罐里找出肉桂粉,但是他还太小,瓶子上面的字认不全。不过他没和曾祖父说,

他觉得这都是小事。肉桂粉是棕褐色的，这个调料瓶里的粉末是棕褐色的，那这个肯定就是肉桂粉了！

曾祖父接过特奥多尔递给他的调料瓶就往面糊中撒。曾祖父没戴老花镜，他也不知道瓶子上写的是什么。

"下一个是小豆蔻。"

"小豆蔻？"特奥多尔根本不知道小豆蔻是什么，但是小豆蔻听起来像是白色的，所以他就从那一堆香料中随手挑了一瓶白色的粉末递给曾祖父。

"少量的小豆蔻，"曾祖父接过调料瓶，看了一眼食谱，往面糊里加了一点儿小豆蔻，"闻起来还不错，可以多加一点儿。"他又倒了一些进去。

"再来一点儿香草——嗯，香草的味道很甜美，像小鸟的歌声一样。"

特奥多尔把耳朵凑到调料瓶面前，他没听见小鸟的歌声啊？算了，就选一个瓶子比较好看的吧。于是他递给了曾祖父一个印有圣诞蜡烛图案的调料瓶。

曾祖父接过来，还是看都没看，就直接倒进了面糊中，"大功告成了！"他高兴地说。

特奥多尔看着曾祖父，发现曾祖父的脸上沾上了一点儿面粉。

"你要不要来试试，特奥多尔？"

特奥多尔接过搅拌棒，开始搅拌面糊和香料。曾祖父哼起了小曲："我出生在丹麦，那里有我的家人，但是在挪威，有我的华夫饼。"

最后，他们把面糊倒进华夫饼烤盘里。剩下一小

糖　盐　面粉　1KG

部分面糊盛不下了，就留在了碗里。

"嘿！"曾祖父喊道。

"嘿！哈！"特奥多尔回应道。

"嘿！嘿！哟！哟！"曾祖父凑过去闻了闻面糊。

特奥多尔看着曾祖父笑了，然后也学着他的样子闻了闻面糊。

"咦？我怎么觉得这个味道不太对啊？"曾祖父突然发现。

"这味道太奇怪了！"特奥多尔被呛得皱起了眉头，"但是这没什么影响吧？"

他们看了彼此一眼，都笑了起来。

"没事，我们还有果酱。没有什么是果酱解决不了的，如果有，就多加点儿。"曾祖父说道。

曾祖父开始收拾餐桌、摆放餐具，特奥多尔则一直盯着华夫饼烤盘看。曾祖父找出了两个瓷盘准备用来装华夫饼，这两个盘子一下子就提升了这顿晚饭的档次。

"我们不用给波比比特准备一个盘子吗？"

曾祖父又找出了一个盘子，毕竟猫咪都很馋，虽然它们不喜欢雪，但是它们对华夫饼可是垂涎欲滴，波比比特自然也不例外。

"我和图克曾经一起经营了一家旅馆，我们还给客人们提供华夫饼作为早餐呢。你想不想听听这个故事，特奥多尔？"

特奥多尔点了点头，但是他的嘴也没闲着，一块一块的华夫饼就这样下肚了。曾祖父的故事和华夫饼很配。

第十章
海蚤

"很久以前，那时候我还是个小孩，我的小伙伴叫图克。

"那时候图克总是说我们要独立。当然，这也是他听他爸爸说的。但其实我并不能完全理解'独立'的意思。

"'独立就是说我们要照顾好自己，不能总是伸手问父母要零花钱。'图克是这么给我解释的，我隐约嗅到了一丝'诡计'的味道。

"最开始我们在家门口摆地摊，向女士出售蛋白糖霜，向男士出售雪茄。蛋白糖霜是图克妈妈做的，雪茄是图克爸爸的收藏，所以我们的成本可以忽略不计。

"'这就是无成本投资。'图克和我解释道，也就是说我们基本上没有成本投入，所有的收入都直接进了我们的口袋。我还记得图克说这句话的时候脸上难以掩饰的自豪。

"有一天，一位戴着礼帽的先生来买雪茄，顺便还要给他的妻子买一份蛋白糖霜。付款的时候他问图克一共多少钱。图克告诉他：'一根雪茄两分钱，蛋白糖霜也是两分钱。'但是这位戴礼帽的先生觉得我们的收费不合理，他觉得雪茄远比蛋白糖霜值钱。

"图克非常机灵，他向这位先生解释道，既然他已经和他的妻子结婚了，那买东西就应该是一样的价格。图克说这叫平等，然后我就跟着又学会了一个新词。

"我和图克认真地思考过，我们要怎么做到独立和平等，最后图克想到了一个办法。他发现我们这边的

雪茄 蛋白糖霜

旅馆很贵,所以他觉得我们的商机出现了:我们可以自己开一家旅馆,只提供住宿服务的那种,然后价格只有普通旅馆的一半。

"'我们可以和其他旅馆打价格战。'图克非常自信地和我说。我觉得这件事是可行的,虽然我还没有完全消化掉整个计划,但是我知道一件事:图克出品,必属精品,我只需要给图克打下手就可以了。

"在图克家门口有一片草坪,他们家没有在这块地上种花或者干别的什么,因为这里的草长得郁郁葱葱的,很好看。我和图克决定就在这片草坪上开我们自己的旅馆。

“我们在书上看到了一张非洲热带草原探险的照片，探险家们就住在帐篷里，睡在床垫上。

“‘我们的旅馆也采用这种形式吧，’图克说道，‘反正一个帐篷也就是一块糖的事。’”

特奥多尔疑惑地看着曾祖父：“一块糖的事？”

“当我们说什么东西就是一块糖的事，并不是真的说要用一块糖去交换，而是说这个东西很便宜。”

“哦，我懂了！”特奥多尔点点头，但其实他心里还是觉得这种说法很奇怪。

“我们用卖雪茄和蛋白糖霜的钱买了一个大帐篷，就是人们在野营的时候用的那种大帐篷。但是我们还缺一样最重要的东西——床垫。我们发现，床垫都很贵，已经远远超出了我们能够承受的价格范围。

“我灵机一动，想到了一个点子：海藻。”

"海藻？"特奥多尔完全摸不着头脑，他甚至都怀疑，曾祖父是不是开始说胡话了。

曾祖父解释道："我在书上看到过，有些探险家在户外过夜，在不具备居住条件的时候，就是用海藻做的床垫来应付的。海藻不值钱，而且也很好弄到，我们住的地方离海边那么近，收集海藻对我们来说轻而易举。于是第二天，我和图克就出发去海边捡海藻了。

"那时候我们也就像你现在这么大，没有车，只能自己骑车去，但是自行车的车筐很小，只刚刚够放下我们的小书包，所以我们就借了我妈妈的手推车。但是我们完全没想到，装满了海藻的手推车会那么沉，很沉很沉。

"你记得我说过吧，图克很狡猾，这种出力的事情他一般是不会干的。他和我说，这次该我来掌握方向盘了。上次我们坐着他的纸箱车去兜风的时候是他负责开车的，这次该我'开车'了。

"所以最后就是我在前面推着手推车走，图克继续在一旁收集海藻。本着不浪费任何海藻的原则，我们基本上把那片沙滩上所有的海藻都捡走了。那些海藻都够做十个床垫了！

"接下来的任务就是清洗海藻了，我们需要把藏在海藻里的沙砾、蜗牛壳等东西都去除。我们从早忙到晚，终于把海藻洗干净做成了床垫。于是，我们的旅馆就在那天正式开业了。

"之后很长一段时间，我们晚上经营旅馆，白天继续摆摊卖雪茄和蛋白糖霜。每当有人来结账的时候，我们都会礼貌地推荐我们的旅馆。很多人听到后都觉得很有创意，但是没有人真的来我们的旅馆住一晚。

"有一天，某个学校组织学生游学，来到了我们所在的城市，但是他们预订的青年旅舍出了点儿小问题——那家青年旅舍没有提前预留出足够的床位。

"图克很擅长推销，他马上和他们说：'我们这儿有床位！'他说，'我们这儿可以提供那种过夜的床位，还包含一份华夫饼早餐，只要半价！'

"带队的老师对我们感激不尽，立刻就付了钱住下了。就这样，我们的旅馆迎来了开业后的第一批客人——五个学生和一个老师。

"我和图克都为自己感到骄傲。但是，第二天一早，当我们端着准备好的华夫饼去找我们的客人时，我们见到了奇怪的一幕：学生们和老师身上都长满了红疹，而且非常痒。后来我们才知道，这是因为做床垫用的海藻里有海蚤。

"我和图克面临着巨额的索赔。图克竟然还在抱怨，我们忘记给旅馆买保险了。

"我当时心里只想着：早知道我们绝对不会自己做床垫，去买两个多好！

"后来市政府派了监管员过来处理这件事情，做一下检测，看看为什么床垫里会出现海蚤。但是当监管员过来看到我们的'杰作'时，他简直笑到不能自已，他说他从没见过我们这么聪明的小孩。

"'答应我，下次你们再想开旅馆的时候，一定要确保环境卫生达到合格标准，才可以请客人入住，记住了吗？'他说道。

"我们向他保证下次一定做到。最后，监管员带着一根雪茄和一份蛋白糖霜走了。

"我和图克关了我们的旅馆。但是帐篷已经买了，必须要充分利用起来。于是，那个暑假剩下的日子，

我们俩每天晚上都住在帐篷里，开着手电筒，讲海盗

的故事，一直聊天聊到破晓时分。"

第十一章
北极星

雪地里躺着一只红毛小动物，长长的耳朵，蓬松的毛发。特奥多尔都不敢走近仔细看一看，因为它就那样一动不动地躺在那儿，好像睡着了一样。

曾祖父走了过来："特奥多尔，你看到了什么？"他弯下腰，看了看躺在雪地里的小松鼠，然后轻轻地拍了拍特奥多尔，"别看了，"曾祖父说道，"这种天气

对小家伙来说还是太冷了。"

特奥多尔大概已经猜到这只小松鼠怎么了，眼泪
不受控制地流了下来："它太孤单了，它是不是死了？"

曾祖父点了点头："是的，但是别哭，它只是去了
更好的地方。"

"它在那边过得怎么样？"

曾祖父耸了耸肩说道："我也不知道。没有人知道
它在那边过得怎么样，特奥多尔，但是我能肯定它一
定是去了更好的地方。"

"那它去哪儿了？"特奥多尔又问道。

曾祖父指了指头顶的天空，太阳马上就要落山了，
西边的天空被夕阳染成了粉紫色。挪威的冬天就是这
样，才刚刚过了晚饭时间，天就黑了下来，星星开始
出现在天空中。

"我觉得它可能是去了北极星后面的一片净土。而

且终有一天，我们也会去那里。"

特奥多尔对星空有一种莫名的崇敬之情。夜空中，无数颗星星闪着微光，北极星就在那里，它是最亮的那颗星。

"北极星后面的一片净土……"特奥多尔小声重复道。

特奥多尔在星空中找到了大熊座，他的手指顺着一颗一颗的星星划过去，最后落在了北极星上："那只小松鼠有没有可能去了大熊座？"

曾祖父点了点头："有可能。"然后他握住了特奥多尔的手，"来吧，我们一起把它埋了吧。"

特奥多尔想挖一个很深的坑，这样猞猁、狐狸或是豹子就没法把小松鼠的尸体刨出来了。但是被雪覆盖后，土壤变得很硬，不过在曾祖父的帮助下，坑很快就挖好了。特奥多尔还从雪底翻出了一些黏土，用树枝混着黏土给小松鼠做了一口棺材。"我们尽力了。"特奥多尔说道。

曾祖父点点头："我们做了我们能做的了。"

特奥多尔小心翼翼地把盛着小松鼠尸体的棺材放进了挖好的坑里："我们要不要说点儿什么？"

"可以啊。"曾祖父说道，他觉得这是个好主意。

特奥多尔清了清嗓子说道："你要记得，你并不孤单，你是我们的朋友。我们会在你离开后经常想念你的。"然后他捧了一抔土，撒在小松鼠的棺材上。

曾祖父轻轻拍了一下特奥多尔，然后开始为小松鼠唱圣歌，他低沉又清澈的嗓音直贯云霄。特奥多尔记不得具体的歌词，他只能跟着一起哼唱。

曾祖父唱完圣歌后默哀了一段时间，特奥多尔最后捧起一抔土盖在了小松鼠的坟上，并且在上面插了一根树枝："这样我们以后也能找到它的坟墓，来和它说说话了。"

曾祖父点点头，但是什么也没说，成年人面对死
亡的时候总是如此沉默。

回到家，曾祖父抱着特奥多尔坐在阳台的长凳上，
又给特奥多尔添了一条毛毯。他们的头顶上就是深邃
而璀璨的星空。

"我觉得那只小松鼠现在已经变成一颗星星了。"
特奥多尔说道。

曾祖父点点头说："有可能。"

"天上的星星都是死去的小动物变成的，还有那些
已经故去的先辈、那些已经灭绝的恐龙，都会变成星
星。"特奥多尔很满意自己的这个解释。

突然，一颗流星划过天空。

"曾祖父！快看，流星！"

曾祖父看到了。"现在那只小松鼠已经重新投胎

了。"他说道。

"真的吗？"特奥多尔不敢相信，"一颗星星坠落就代表它已经重新投胎了吗？"

"大概是的，你觉得呢？"

特奥多尔陷入了沉思，他还不能完全理解生死的意义。"我觉得，当天上的星星超过了一定数量，就会有一个看管星星的人把天空摇一摇。"特奥多尔提出了他的想法。

"看管星星的人？"曾祖父不太理解。

"对，他就像园丁一样，维持着星星间的秩序。"

"这样啊。"曾祖父被特奥多尔的这个想法逗笑了。

"星星们从天空坠落后，就会被种到沙坑里，然后慢慢生根发芽。"特奥多尔继续着他的奇思妙想。

"生根发芽？"曾祖父有点儿吃惊。

"对，等到它们长成了，那个园丁，也就是看管星星的人，会把它们放进松鼠看管先生的背包里，松鼠看管先生再把它们交给孕育松鼠的女士，然后松鼠宝宝就诞生了！"

曾祖父笑道："你的想象力真丰富，特奥多尔。和上次相比，你的想象力更加丰富了，这很好。"

特奥多尔看着正在门外散步的小猫问道："波比比特去哪儿了？"

曾祖父压低声音说道："夜幕降临时，小猫小狗都去睡觉了，它们的梦里有金鱼和其他的小零食；夜幕降临时，牧场里的公牛都去睡觉了，梦里有小母牛在等着和它们约会;夜幕降临时，骏马和绵羊都去睡觉了，在梦中，它们又回到了春天。"

其实，波比比特正小心翼翼地靠近坐在阳台上的老头和小男孩，在雪地里印下了它的小脚印。

"哈！我看到你了！"特奥多尔一把把小猫抱起来。

"你回来了，波比比特。"曾祖父说道，"到了睡觉的时候了！特奥多尔，你也该去睡觉了。"

***

特奥多尔把自己埋在羽绒被里，曾祖父担心他和波比比特半夜会觉得冷，又给他们加了一条毛毯，然后嘱咐道："夜里凉，你们可千万别感冒了呀。"

特奥多尔笑道："还记得你、图克和海蚤的故事吗？我很庆幸我的床垫里没有海蚤，嘻嘻。"

这时，特奥多尔突然指着窗外的星空说道："曾祖父，快看！松鼠！"

　　曾祖父往窗外看了一眼，真的很像，天空中的星星似乎排列成了一只松鼠的形状。

　　"曾祖父，现在我们知道，那只小松鼠再也不会感到孤单了。"

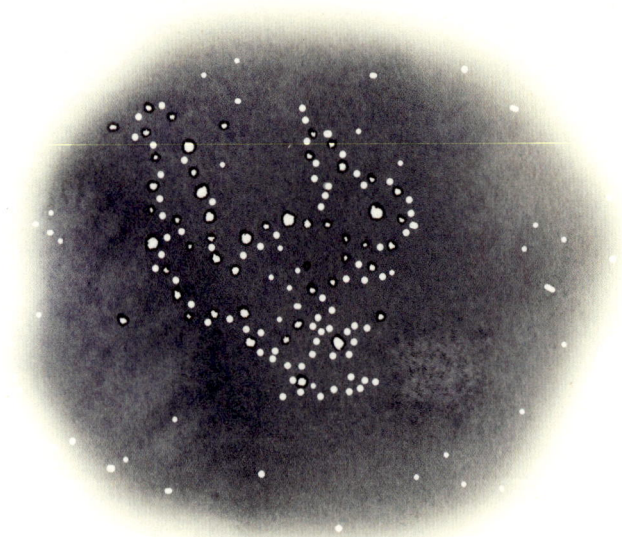

第十二章
圣诞树

在阳光的照射下，山上的积雪像是镜面一样明亮，远远看去，像是给整座山穿上了一条洁白的连衣裙，裙摆随风飘动。

曾祖父的屋顶上堆着厚厚的积雪，整个小屋像是被棉絮包裹住了一样，而那结着冰锥的房檐则像是一只张着大嘴、露出长牙的海象。

曾祖父正坐在房间里听收音机。收音机播放着圣诞颂歌，曾祖父也跟着唱了起来，这是一首关于圣诞树的颂歌。

特奥多尔很期待圣诞节的到来，毕竟山里的冬天天黑得很早，没什么好玩的。

"看看这是谁家的小孩？"曾祖父今天心情很不错，"来，换身衣服，我们去森林里找棵最好看的树！"

***

特奥多尔和曾祖父全副武装：头顶羊绒帽，手戴羊毛手套，就连围巾都比平时多绕了一圈，把脸完全蒙住了。

"来一场徒步旅行，呼哈，呼哈！"曾祖父又在唱歌了，"想不想听个故事，特奥多尔？"

特奥多尔赶紧点头："想听！想听！"

"很久以前，那时候我还是个小孩，我的小伙伴叫图克。那年圣诞节，我和图克接到一个任务，我们要去镇上的集市买一棵圣诞树。

"图克的妈妈给了我们十分钱，让我们用来买圣诞树，但是图克很有商业头脑——漫山遍野都是现成的圣诞树，为什么要花钱去买呢？

"'我们自己去森林里找一棵最漂亮的圣诞树，'图克对我说，'这样这十分钱就归我们了。'

"'但是图克……我们这样算不算是偷啊？'我问道，因为我不太确定我们可不可以随便去森林里砍一棵树。但是图克说，森林里有那么多树，只砍一棵树没什么影响的。我觉得他说得有道理。

"于是，我和图克就拉着雪橇，带着他的木匠爸爸的锯子上山了。

"但是找一棵满意的树并没有想象中那么简单，更别说图克对圣诞树的要求极高，图克的妈妈还特意嘱咐过，圣诞树要刚好可以放在客厅，不能高过房顶，也不能太矮。

"图克跟我说，我们就只要树顶的部分。

"我觉得图克真是个天才，这样我们就更算不上'偷'树了，我们只是借走了它的一部分。而且这就像剪头发一样，它总是会再长出来的。

"但是新的问题出现了：要怎么样才能爬到树顶呢？这些都是参天大树啊，离地很高。

"图克看了看他圆滚滚的小肚子和新买的裤子，又看了看我，心里的小算盘再次打了起来：'你来吧，你体能更好。'——我就知道会是这样！爬云杉树真的很有挑战性，因为云杉不仅枝杈多，叶片还很锋利，划到皮肤上特别疼，而且越高大的云杉爬起来越难。

"刚开始爬的时候我的速度还很快，但是越往高处爬，体力消耗得越多。到了最上面，我还要把树锯断，再把锯下来的部分扔下去，这一系列的动作太有难度了……我有点儿打怵。

"'我觉得我们还是直接下山去集市买一棵圣诞树吧！'我对图克喊道。

"但是图克确信这一系列操作十分安全，而且寒冷让他开始变得不耐烦起来，不断地催促着我。图克喜欢穿短裤，即使是在寒冷的冬天也不例外。他站在树下，等得都快冻僵了。

"终于，我找到了一个比较安全的地方落脚，拿出锯子准备开始锯树。但是我又听到图克对我说，我应该再往下一点儿，从现在这个位置锯，树太小了。

"我不打算按照图克说的去做——人总是贪心的，树永远都不够大。

"'你往下面一点儿的地方锯，这样树的大小就正

合适了！'

"'你确定这样没问题吗，图克？'

"'别想那么多，不会有问题的！往下一点儿锯！'
图克对我说道。

"我最终还是按照图克的想法，从偏下面一点儿
的位置开始锯，锯啊锯，锯啊锯，终于锯断了，但是
接下来发生的事情完全出乎我的意料。你猜发生了什
么？"

特奥多尔大概已经猜到了："你不会从树上摔下来
了吧？"

曾祖父点了点头。

"我从树顶摔到了地上。不过幸运的是，云杉有很
多枝杈，在一定程度上减缓了我下降的速度，最后我
摔得并不重，但是我的脚伤到了，没法站起来。图克
还给我下了个诊断，说我需要截肢。"

"'截肢'是什么意思？"特奥多尔问道。

"截肢是说，需要把我的脚锯掉。不过重要的是，我还能活着，而且这棵圣诞树非常完美，图克激动得不得了！

"'这种圣诞树是无论花多少钱都买不到的！'回家的路上图克和我说道，他用雪橇拉着我和圣诞树从森林回到了家里。到图克家门口的时候，图克的妈妈迎了出来。她说那是她见过的最完美的圣诞树。"

曾祖父叹了口气，继续讲道："但是等我回家之后，我被强制卧床休息。绷带固定住了我的脚，我哪儿也去不了。"

特奥多尔突然指着前面说道："曾祖父，快看！"

他们似乎找到了森林里最挺拔、最茂盛的云杉树，曾祖父也激动了起来："对，对，这就是我们要找的圣诞树！"

"这次我们得万分小心，千万不能再从树上摔下来了。"特奥多尔对曾祖父眨了眨眼。

曾祖父笑着说："好，好！这次不会了！"

***

特奥多尔和曾祖父把圣诞树放在了客厅。壁炉里燃烧的木柴让整个屋子都暖和起来了。特奥多尔拿着一堆装饰品往圣诞树上挂，曾祖父则躺在摇椅上，轻抚着趴在他肚子上的波比比特，波比比特舒服得不得了，时不时发出"呼噜呼噜"的声音。

"那年圣诞，我的脚伤还没好，走路还是一瘸一拐的。突然有人来敲门，我一打开门，看见是图克，他用我们省下的十分钱给我买了个圣诞礼物。他觉得他必须过来和我说一声'对不起'。"

"图克送给你的圣诞礼物是什么啊？"特奥多尔问道。

"是一个黄铜做的小鼓，可以用来装饰圣诞树的那种。"讲到这儿，曾祖父像是想起了什么，笑着说道，"我从未见过那么精致的小鼓。"

特奥多尔在装饰品堆里翻找了一下，果然找到了那个小鼓。他把它挂在了最好看的那一根云杉树杈上。

"其实，"曾祖父自言自语道，"图克真的是个很好的玩伴。"

特奥多尔终于找到了星星。

"我来帮你吧，特奥多尔。"曾祖父抱起特奥多尔，让他骑在自己的脖子上，轻松地将星星放到了圣诞树的顶上。

"曾祖父，你看！"

"很棒，特奥多尔。你和我，我们是最默契的搭档。"

波比比特走到圣诞树下，和挂在树上的一个圣诞小精灵打闹了起来。

　　特奥多尔和曾祖父看着波比比特，哈哈大笑："它是把自己当成礼物了吗？"

　　曾祖父拿出了早就包好的长方形礼盒，神秘兮兮地递给特奥多尔："这是你的圣诞礼物。在打开之前你可以晃一晃，感受一下。"

特奥多尔接过礼盒，轻轻地晃了一下，还挺重的，不过外面的绿色包装纸皱皱巴巴的："我可以打开了吗，曾祖父？"

曾祖父点了点头。

特奥多尔激动地撕开了包装纸，礼盒里是一把木剑！特奥多尔第一次见到这么漂亮的木剑。"谢谢！"他大声说道，然后双手握住剑柄，把剑拿了出来。剑的重量正合适，不会重到挥不起来，也不会轻飘飘的。他对着空气刺了两下。从这一刻开始，他不再是以前那个普通的特奥多尔了，现在他是骑士特奥多尔。

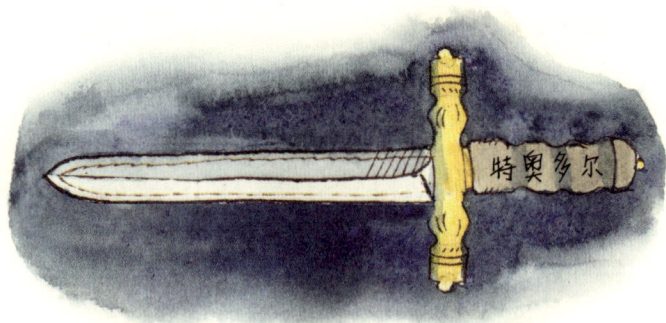

曾祖父往后退了两步，看着特奥多尔说："跪下，特奥多尔。"

特奥多尔单膝跪地，曾祖父拿过木剑，双手托着把它举在特奥多尔面前。

曾祖父用像国王一般庄重威严的嗓音说道："特奥多尔，我代表上帝、国王和国家，正式授予你骑士的称号。"曾祖父高举木剑，轻轻地拍了一下特奥多尔的一边肩膀，然后又拍了拍另一边，"请起，特奥多尔骑士。"

特奥多尔站了起来，曾祖父将木剑交到他的手中。现在，他是一名真正的骑士了——山之骑士。

***

空气中弥漫着云杉、丁香和肉桂的味道，窗玻璃上结着冰花。森林里一片寂静，麋鹿、猞猁、狐狸都已经入睡，熊还在冬眠。

圣诞树上挂满了光彩照人的装饰品，树顶是特奥多尔和曾祖父一起放上去的星星，图克送给曾祖父的黄铜小鼓挂在最好看的那一根树杈上。特奥多尔已经睡着了，但是手中还紧紧握着曾祖父送给他的木剑。

曾祖父给特奥多尔又加了一条毛毯。"我们是最富有的人。"他一字一顿地说道，"因为我们拥有彼此。"